Madame

Jérémy Circus

Madame

Publibook

Retrouvez notre catalogue sur le site des Éditions Publibook :

http://www.publibook.com

Éditions Publibook
14, rue des Volontaires
75015 PARIS – France
Tél. : +33 (0)1 53 69 65 55

IDDN.FR.010.0112235.000.R.P.2008.030.40000

Cet ouvrage a fait l'objet d'une première publication aux Éditions Publibook en 2008

« On ne change pas, on évolue »

A ceux qui ont partagé un moment de ma vie.

« Tout au long de ma vie, ce sont les autres qui m'ont porté, qui m'ont permis de devenir la personne que je suis maintenant. » Je songeais à mon passé tout en regardant défiler les passants à travers les fenètres du café, je repensais à toutes ces personnes qui avaient traversé ma vie, ces autres que l'on aime ou pas mais dont on ne peut se passer. Ceux qui m'avaient construite, il fallait les détester, pour un jour peut-être les aimer.

Elsa

Elle voulait laisser une trace. Etait-elle née au mauvais endroit ? En tout cas, cette vie qu'on lui avait donnée, elle n'en voulait pas. Elle ne la subirait pas. Elle allait la construire comme elle le désirait. Elle les détestait tous. Ces gens qui la méprisaient, mais qu'elle méprisait encore plus, ces bourgeois, ces disciples de l'argent, ces fiers soldats du pouvoir. Elle avait été parachutée au milieu de cette jungle dont elle ne connaissait pas les règles. Elle avait un rêve, des envies mais qu'elle n'avait pas le droit de réaliser. Avait-elle même le droit d'y penser ne serait-ce qu'une seconde. « Pourquoi ? » C'était très simple car elle ne faisait pas partie du système, elle s'était retrouvée dans cette école car elle aimait l'art. Mais pour aimer l'art, il était beaucoup plus commode de venir d'un autre milieu que le sien. Elle, elle avait sa petite chambre chez ses parents, avec son bureau posé sur son lit pour dormir. Une fois son diplôme en poche, pas d'études supérieures, bien sûr que non. Elsa n'était pas folle, elle avait déjà tenté l'expérience et savait très bien à quoi elle allait se confronter. Elle qui avait tant donné pour aller au bout de ce projet, elle qui avait sacrifié son corps et ses nerfs, aujourd'hui elle devait d'abord penser à se reconstuire. Réaprendre à s'aimer et à être fière d'elle. Mais elle avait un secret, une force Sousestimée, la clef de son bonheur. Il suffisait juste d'en prendre conscience *« Moi je sais d'où je viens »*. Cette phrase, ces quelques mots l'avaient libéré à jamais de sa condition de victime d'une société et d'un système qui l'avait exclue. Elle avait compris la règle, la règle de ce jeu qu'était sa vie. Elle allait les utiliser tous, les uns après les autres. Tout ce qu'on lui avait refusé, elle l'aurait coûte que coûte. Elle aimait la peinture, l'Art. Elle serait une « Artiste ». Sa plus grande force était d'être belle. Une beauté froide, d'un autre temps. Une beauté qu'elle avait l'impression de subir. De longs cheveux blonds, ses yeux d'un bleu électrique qu'elle cachait, des atouts qu'elle ne savait pas mettre en valeur, mais dont elle avait parfaitement conscience. Seulement belle et pauvre, cela n'était pas compatible, et quand on n'a pas grand chose on se contente de peu. Caissière dans un hypermarché ! *« Ma chérie, si tu travailles mal à l'école tu deviendras comme la dame. »* Voilà ce qu'elle devait subir chaque jour. Mais la faim justifie les moyens et elle avait un appétit d'ogre. Alors elle allait dévorer sa vie. Seulement, elle savait bien que l'on ne pouvait pas commencer au sommet surtout une fille comme elle, venant d'un milieu modeste, et qu'il faudrait franchir les étapes petit à petit sinon « grande est la chute » Et elle n'était pas prète à tomber. Après les bourgeois de son école d'art, c'était maintenant au tour des chefs de rayons et des clients de l'humilier et de lui faire prendre consience qu'elle n'était rien ni personne. Juste la fille d'un petit ouvrier, qui avait un peu trop d'ambition. Qu'on allait bien vite remettre à sa place derrière sa caisse enregistreuse. Si vous les aviez vues toutes avec leur mine de chien battu, trainant leurs mouflets derrière elles comme une maladie incurable, prisonnière à jamais de leur statut de femme au foyer, attendant que la paye de Monsieur tombe sur le compte commun pour s'acheter leurs culottes à élastique renforcé, comme seule distraction de pousser leur caddie plein de produits inutiles, et pour seul sujet de conversation le repas du soir ainsi que de savoir lequel de leurs enfants était le moins stupide. Comptant leurs pièces de monnaie et leurs bons de réduction pour savoir s'il serait plus avantageux d'acheter six ou bien douze rouleaux de papier toilettes. « Moi je ne serai jamais comme ça ! » Bien sûr, deux mois plus tard… Elle démissiona, pris ses affaires, laissant son magnifique tailleur rouge couleur du manteau du père noël, et rendit son tablier. C'était vrai pour le peu d'argent qu'elle avait à la fin du mois elle n'allait pas en plus se laisser insulter de « bonne à rien » Et devenir la reine de la mise en rayon.

Mensonges

« T'as vu ces cuillères, tu appelles ça lavé ? » Oh oui ! bien sûr Elsa avait déjà fait la vaisselle mais jamais pour gagner sa vie. C'était un boulot que lui avait trouvé son premier petit ami, enfin ça aurait pu être son père. Louis, le cousin d'une grande styliste, venant d'une riche famille aristocratique. La seule chose qui la faisait tenir dans ce boulot encore plus dégradant que le premier c'était parce qu'il lui avait trouvé, apparemment c'était le genre d'emploi ou l'on avait besoin de faire fonctionner ses relations ? !! Emploi qu'elle aurait quitté le jour même si ce n'était pas lui qui l'avait « Soutenu » comme il le disait pour la faire engager. Ce qui la fascinait chez Louis ce n'était pas lui mais ce qu'il pouvait représenter, il lui avait fait découvrir des endroits magnifiques, des restaurants succulents, des villes qu'elle ne connaissait pas, des personnes qu'elle n'aurait jamais pu rencontrer autrement. jusqu'à cette phrase : *« Tu es belle, intelligente, tu pourrais avoir le monde à tes pieds si tu venais d'un autre milieu. »* Combien de temps cela allait-il la poursuivre, toute sa vie ? Comment être ce que l'on est pas ? Le mensonge est alors devenu sa vie, sa survie. Elle allait réecrire sa vie, la sublimer pour la rendre extraordinaire. Elle allait devenir ces autres, ceux qu'elle détestait par dessus tout. Se créer un passé, celui qu'elle aurait dû avoir, pour devenir celle qu'elle voulait être. Un père avocat, austère, une mère décédée à sa naissance, son placement dans un foyer de bonnes soeurs à son adolescence. Elle serait la digne héritière d'une grande famille autrichienne. Elle s'était constituée une fantastique garde-robe offerte évidemment

par Louis, qu'elle n'aurait bien sur jamais pu se payer avec son salaire de « plongeuse ». *Un métier qu'il évitait d'évoquer aux personnes qu'il me présentait, pour ma crédibilité comme pour la sienne à vrai dire.* Elle était très crédible dans son nouveau rôle de petite fille de la haute société. Elle allait infiltrer le système pour en devenir la reine. C'est à partir de ce moment-là qu'elle décida de commencer sa vie. Pour cela, il fallait tout quitter, recommencer à zéro, renaître. Dans une nouvelle ville qui allait devenir la sienne, un endroit peuplé de toutes ces personnes cultivées, de bonne famille, tout ce beau monde qu'elle se devait de cotoyer pour mieux en faire partie. Toute ces choses qui étaient nécessaires pour faire d'elle, quelqu'un. *« Oui mais partir, pour aller où ? »* C'était une évidence, pour devenir le centre du monde, elle se devait de prendre résidence dans un lieu qui était le centre de tous les intérêts.

Paris

Elle quitta Louis et son passé sans regrets. Prit sa valise et partit. C'était ici qu'allait commencer sa nouvelle vie de fille d'avocat, à Paris, quel endroit plus merveilleux pour rencontrer toutes ces personnes qui allaient enfin faire d'elle une femme du monde. La capitale mondiale de la mode, de l'art où tous les gens cultivées semblaient s'être installés. C'était là qu'allait commencer sa quête de reconnaissance. Elle y avait retrouvée l'une de ces rares amies, Nathalie, qui elle, avait eu la chance de poursuivre ses études et qui accepta de l'accueillir quelques temps. Elles s'étaient connues au lycée, elle était devenue une grande architecte, elle avait grandie dans une famille très aisée, mais n'avait jamais fait ressentir à Elsa qu'elles ne venaient pas du même monde. C'est pour cela qu'elle accepta de rester chez elle. C'est vrai elle n'avait pas fait tout ce chemin pour retrouver ses vieux démons. *« Comment procéder ? d'abord trouver un emploi, ensuite un logement. » « Mais premièrement, visiter Paris ! »* Cette ville qui l'avait toujours fascinée et où tout semblait enfin possible. Elle était submergée de bonheur à l'idée de pouvoir enfin réussir là où elle avait toujours échoué. *« Vous parlez Anglais Mademoiselle ? » « OUI » « Vous avez déja travaillé dans la vente ? »* Comme la clef de voute de sa nouvelle vie était devenu le mensonge, elle n'avait pas bien le choix. *« OUI » « Très bien vous commencez dès demain, Karine va vous expliquer comment vous habiller et vous coiffer pour venir travailler »* Elle venait enfin d'obtenir son billet d'entrée dans le grand monde de la haute couture, la machine commencait à se mettre en route, et elle ferait tout pour qu'elle ne s'arrête pas. Elle était devenue la plus belle potiche de tous les Champs-Elysées. Mais une potiche très bien payée qui avait désormais un statut. *« Je travaille pour un grand couturier. »* Ce qui lui avait permis de ce payer un petit appartement dans le 11ème arrondisement juste au dessus d'un petit restaurant. « Madame au fourneau » Ce n'était pas immense mais assez grand pour se créer son propre atelier de peinture. Elle avait aménagé son appartement d'une façon très singulière, tout était blanc, regroupé comme pour créer l'illusion d'un petit cocon, elle s'y sentait bien. Elle aimait y passer des journées entières sans bouger n'y même parler à qui que ce soit, comme si le temps n'existait plus, c'était le seul endroit où elle se sentait elle-même. Son métier était très agréable pas si fatiguant que ça, et surtout il lui permettait de rencontrer une multitude de personnalités, des hommes d'affaires aux ministres en passant par la nouvelle bourgeoisie. Ce qui lui permit d'être invitée dans les soirées les plus chics de Paris où elle pouvait dénicher ses proies. Chanteurs, acteurs, politiques… Toutes ces personnes qu'elle admirait en secret, qu'elle affichait à son bras comme des trophées qui la rendaient tout à coup incroyablement plus interessante aux yeux des autres. Elle était devenue la plus grosse croqueuse d'hommes de toute la capitale, se servant d'eux et de leurs positions sociales pour exister. Les choisissant comme on choisit un petit four, le moins écoeurant possible et le plus nourrissant, pour ne pas montrer sa faim. C'était grâce à eux, les peintres, les auteurs… qu'elle se cultivait, toujours à sa place de potiche mais incroyablement attentive à la moindre conversation apprenant de tout le monde, retenant les noms de toutes les personnes importantes, notant les endroits où il faisait bon d'être vue. Mais elle n'avait pas encore trouvé la perle rare qui lui permettrait de stopper son travail pour se consacrer à ce qu'elle désirait par dessus tout « peindre ». C'était cela dans le fond son but ultime et elle savait qu'il fallait s'en donner les moyens, elle avait appris dans le passé que tout avait un prix et qu'il ne fallait pas être trop gourmande, mais elle savait faire preuve de patience. En attendant, son travail lui permettait en tout cas de sortir, de rencontrer des gens et de se faire sa place dans ce monde. Elle n'avait pas une mauvaise image d'elle-même, elle se disait que c'était simplement ce qu'il fallait faire. Elle sortait de plus en plus, dans tous les lieux branchés, et toutes les soirées privées où l'alcool coulait à flots et où la drogue était tout à fait à sa place, bien en évidence sur la table à l'entrée, comme un cadeau de bienvenue aux nouveaux arrivants. Elle n'aurait jamais cru cela possible, elle qui pourtant avait été une enfant craintive ayant peur de tout, même de son ombre, elle avait pénétrée sans s'en rendre compte dans l'univers le plus obscur qui soit. Mais elle se devait de se plier à leurs règles pour être intégrée. Il fallait qu'elle joue le jeu, on devait la voir mais pas la remarquer. Alors elle jonglait entre coupes de champagne et cocaïne.

Madame au fourneau

Au bout d'une année, Paris lui semblait triste et morne, elle n'en avait plus du tout la même image, cette image un peu lointaine et fantastique que tout visiteur se devait d'avoir. La magie de Paris, ces rues pavées remplies de personnes heureuses sur un fond d'accordéon, prenant un verre à la terrasse d'un café baignée de soleil, contemplant la Tour Eiffel. Mais plus rien n'était magique, plus rien ne la rendait joyeuse, même son amour de la peinture et l'atelier qu'elle s'était installé chez elle, rien ne la comblait. Elle rentrait chez elle, le monde dans le métro l'insupportait, tous ces touristes émerveillés par une statue ou un monument. Se prenant en photo devant n'importe quoi, cela la rendait nerveuse. Eux aussi, elle les détestaient et leur bonheur lui donnait la nausée, comment pouvaient-ils rester là des heures entières à attendre, tout ça pour admirer quelques secondes un tableau minuscule ou un squelette de dinosaure, cela la dépassait complètement. Les seuls tableaux de maîtres qu'elle avait jamais vus se trouvaient dans ses livres d'Histoire de l'art, et les seuls dinosaures au cinéma. 19H – Elle arrivait enfin devant la porte de son immeuble, le restaurant d'à côté ouvrait ses portes. « *Bonsoir Mademoiselle* » « *Bonsoir.* » Elle referma la porte de l'entrée de l'immeuble et resta là pendant plus d'un quart d'heure. Elle ne savait pas qui il était mais c'était la première fois qu'elle ressentait cela. Son regard la hanta toute la nuit comme si il avait réussi à capter sa détresse en quelques secondes. *Qui était-il ?* Elle vivait pourtant ici depuis quelques temps déjà, mais n'avait jamais prêté attention à cette endroit beaucoup trop commun pour elle sans doute. Le lendemain elle décida d'y déjeuner accompagnée de l'une de ses dernières aventure, un journaliste qui écrivait pour un grand quotidien. Un peu Bo-Bo, elle était sûr qu'il trouverait cet endroit tout à fait charmant. C'était un petit restaurant, très chaleureux avec de petites tables sur lesquelles était disposé une nappe blanche brodée, ainsi que de vieux bougeoirs, une vaisselle impeccable, les murs étaient ornés d'une frise de cadres dans lesquels étaient placées de vieilles photos de Paris en noir et blanc, des couleurs chaudes, du bois foncé et un bar qui servait également de caisse, sur lequel trônait un gramophone. Claude était là, il était le propriétaire de cet endroit, il en était aussi le serveur. À la carte des mets plus appétissants les uns que les autres, une cuisine française traditionnelle sophistiquée et recherchée. Il y avait dans ce lieu une ambiance qu'elle ne pouvait pas décrire, qui la mettait à l'aise, était-ce du à la présence de Claude ? A la chaleur de ce lieu ? Ou bien à la musique douce ? En tout cas elle se sentait à sa place dans cette univers qui lui semblait familier. Il s'approcha d'eux et les salua. « *Bonjour, bienvenue, heureux de voir une habitante de notre petit quartier.* » Elle retrouva dans ses yeux le même regard qui l'avait troublée. Elle avait toujours considéré les hommes comme une sécurité temporaire, un contrat, un C.D.D qu'elle essayait de faire durer le plus longtemps possible pour sa survie, et son train de vie qu'elle ne voulait absolument pas perdre. Mais lui paraissait différent des autres hommes, une espèce de mystère planait autour de lui. Le lendemain en rentrant du travail, elle croisa comme à l'habitude Claude qui cette fois-ci lui adressa la parole plus longuement. *« J'ai été ravi de vous voir hier. Le restaurant n'est pas encore ouvert vous voulez venir boire un café ? »* Elle savait très bien que si elle acceptait, elle serait obligée de se livrer, si elle mentait comme à son habitude elle serait immédiatement démasquée, elle n'arriverait pas à jouer ce jeu-là avec lui, elle était évidemment curieuse de le connaitre, de savoir quel était son secret, ce quelque chose qu'elle n'arrivait pas à identifier et qui lui donnait cet air torturé, cette souffrance, ce mal de vivre qu'elle ressentait elle aussi. Elle qui avait pris tant de soin à se confectionner une nouvelle existence ne voulait pas prendre le risque de se faire démasquée. Alors, elle déclina son invitation. Elle passa le reste de la soirée dans une vente aux enchères, où elle s'ennuyait à mourir. Elle avait été invitée par l'une de ses conquêtes du moment, un avocat extrêmement réputé pour son absence totale de moralité. Il était évidemment marié, père de trois enfants. Mais elle refusait de porter sur ses épaules les malheurs de la terre entière, et les choix des autres. Elle avait déjà assez à faire avec les siens.

Extasy

Elle adorait son travail, évoluer au sein de cette grande maison de couture où tout n'était que luxe, la rendait ivre, des robes splendides aux couleurs lumineuses, variées et chatoyantes, des broderies extraordinaires des materiaux riches et précieux, de la soie du tafetas, du velours, des chaussures hallucinantes, des chapeaux grandioses, des vêtements tout droits sortis d'un conte de fées, dans un décor hypersophistiqué mélangant ancien et contemporain avec une extrême justesse. Elle aimait déambuler au milieu de la réserve pleine de vêtements et d'accessoires comme si cela était son propre dressing. Elle se mettait à rêver de tous les évènements où elle serait conviée arborant ces tenues spectaculaires, les premières, les grands bals où elle serait enfin invitée pour elle et pas pour être la nouvelle prétendante d'un riche homme d'affaires peu scrupuleux, être enfin elle-même. Ce qu'elle préfèrait et l'amusait par dessus tout, c'était de conseiller les clients qui avaient plus d'argent que de bon sens, ce qui lui permettait de leur proposer les articles les plus inprobables et imméttables. Après tout, elle ne faisait de mal à personne, elle aussi avait le droit de s'amuser un peu. Mais aujourd'hui était un jour particulier, sa réputation de croqueuse d'hommes l'avait rattrapée, en cela il n'y avait rien de très grave. Ce qui était plus contrariant était le fait d'avoir été prise sur le vif par la femme de l'un d'entre eux, qui s'averait être qui plus est l'une des plus importantes clientes de la boutique. Ce qui lui valut un renvoi immédiat. *« Vous n'êtes rien, et vous le resterez, petite trainée. »* Voilà les dernières paroles de sa patronne après deux années passées à son service. Elsa était dévastée, elle avait l'impression que l'on venait de la frapper en plein estomac. Elle avait le sentiment de se retrouver quelques années en arrière, de revivre le même cauchemar, elle retrouvait dans les yeux de ces collègues le même regard de pitié qu'elle avait déjà vu dans les yeux de ces personnes qui se sentaient supèrieures à elle lorsqu'elle était une caissière de supermarché, elle pensait avoir réussi à évoluer, mais elle était passée de petite fille un peu trop rêveuse et déterminée à pute de luxe. Elle prit ses affaires, partit sans se retourner laissant derrière elle l'une des rares choses dont elle pouvait être fière, son travail. Elle décida donc pour compenser de redoubler d'efforts et de stratagèmes. Sortant et fleurtant plus que jamais, retrouvant ses premiers émois de parisienne en gogette, les soirées, l'alcool, renouant avec d'anciennes relations qui lui avaient valu de plonger dans la drogue, mais qui lui avaient permis d'amasser un véritable petit pactole. Elle qui s'était calmée, qui essayait de retrouver une vie un peu « normale », un équilibre. Elle était à nouveau propulsée dans ce qui l'avait construite et paradoxalement détruite, en tout cas détruit ses rapports aux autres et la confiance qu'elle pouvait avoir dans l'être humain. Elle avait vécu tant de moments durs de trahisons, de rivalités de jalousie, toutes ces rencontres obscures, ces personnes qui semblaient vouloir du bien mais qui détruisaient tout sur leur passage. Quelques fois quand elle se retrouvait confrontée à des situations trop difficiles, elle avait l'impresion de se dédoubler comme si une autre personne était en elle, elle devenait observatrice de ses propres actes. Il lui semblait avoir vécu mille vies qu'elle avait au moins 200 ans, usée, lassée de cette existence, de son existence. Il lui arrivait souvent de penser à quoi tout cela pouvait bien servir, mais elle ne laisserait rien l'atteindre, elle se battrait comme elle l'avait toujours fait. Les jours, les semaines passaient inexorablement avec toujours plus de fêtes toujours plus de drogues, et toujours plus d'argent. Le jeu en valait la chandelle elle ne pouvait pas se permettre de tout reprendre à zéro, mais combien de temps allait-elle pouvoir tenir ce rythme infernal, ces sorties, ces rencontres sans amour ni but, si ce n'était financier. De toute façon, l'amour elle n'y croyait plus, y avait-elle seulement cru un jour ? La seule personne qui avait réussi à la toucher sincèrement était Claude, mais c'était également la seule à ne pas savoir qui elle était vraiment. Après quelques mois de ce régime harassant elle était devnue très amaigrie, sans vie, avec la peau sur les os, elle se sentait partir, sa vie glisser entre les mains, mais elle s'était interdite de craquer elle devait résister pour tout ce quelle avait toujours voulu, cette vie de rêve ou tout n'était que fêtes et luxe, une vie où on ne lui interdisait et refusait rien, elle sentait très bien que cette fois elle était en train d'aller trop loin mais elle n'était plus elle-même, elle ne se reconnaissait pas qui était cette étrangère dans le miroir, elle perdait pied, s'alimentant essentiellement d'antidépresseurs et d'alcool. Elle se rendait compte qu'elle avait voulu aller trop vite, à brûler les étapes elle était en train de brûler sa vie. C'est Claude qui la retrouva un matin au pied de l'immeuble allongée par terre roulée en boule, recroquevillée sur elle-même. Il l'avait prise dans ses bras et la conduite chez lui, l'avait allongée sur son lit, elle tremblait, le regardait de ses grands yeux elle lui prit la main, ne put prononcer plus d'un mot et lui dit simplement « Merci » Il la couvrit et la borda comme on le fait avec une enfant. Il lui demanda si elle voulait qu'il appelle un médecin, elle lui fit un signe de la tête pour refuser. Il resta auprès d'elle jusqu'à ce qu'elle se sente mieux, il la regarda s'endormir, ça faisait longtemps qu'elle ne s'était pas sentie en sécurité comme cela. Il voulait la protéger, l'envelopper de son amour, de sa tendresse, il avait eu si peur en la voyant par terre dans la rue, il ressentait quelque chose de très étrange un sentiment de bien-être, car il était enfin auprès d'elle il trouvait cela honteux de sa part de se sentir si bien alors qu'elle avait l'air si mal, mais il ne pouvait se l'expliquer c'était comme ça. Il avait pénétré dans son intimité et sa souffrance et il se sentait lui aussi si proche de cet état que cette culpabilité idiote disparut aussitôt. Il l'avait enfin trouvé, cette autre moitié qui lui manquait tant, ce double, son jumeau. Cette partie de soi que Claude avait cherché chez les hommes pendant toutes ces années sans succés et qu'une femme venant de nulle part lui avait apporter. Il se sentait enfin entier, serein il savait que quelque chose de fort et rare s'était produit aujourd'hui, un instant qui venait de le bouleverser à tout jamais. Elle était devenue sa moitié mais cela elle ne le savait pas encore.

L'autre

C'est Claude qui lui redonna la vie, car c'est lui qui la sauva, il était devenu sa mère, son père, son ami. Il lui réapprit les choses simples de la vie, les plaisirs qui ne coûtent rien. Il lui fit redécouvrir cette ville dans laquelle elle avait oublié qu'elle vivait, à quel point Paris pouvait être magnifique regorgeant de vie, d'une joie qu'elle avait perdue. Elle pouvait se promenner des heures au bras de Claude dans les rues et les musées, les parcs et les marchés. Elle était redevenue une enfant, qui regardait le monde avec un nouveau regard celui de l'innocence qu'elle pensait avoir perdu à jamais, il fallait qu'elle retrouve la force de réapprendre à aimer, elle avait oubliée qu'elle aussi avait le droit d'être heureuse. Elle était devenue l'invitée quotidienne de Claude au restaurant et elle prenait un grand plaisir à passer ses déjeuners près de lui, elle qui avait oublié jusqu'au goût des aliments. Il se faisait une joie de lui faire apprécier à nouveau la bonne nourriture, les plaisirs du palais, les goûts, les couleurs, tout ce qui faisait un bon plat. Cet amour que, lui, avait pour la nourriture et qui lui était à elle totalement étranger. Ce plaisir du travail bien fait, de le partager, d'apporter du bonheur aux autres, toutes ces choses qu'elle ne connaissait pas. Elle avait pris l'habitude de passer ses après-midis avec Claude, après son service de midi. Ils allaient sur la butte de Montmartre. Ils avaient trouvé un tout petit parc où personne n'allait jamais, la porte d'entrée ressemblait à celle d'une maison, et derrière celle-ci se cachait un trésor parmi le béton et les bâtiments, un paradis perdu, un abrit, c'était devenu leur terrain de jeu, ici ils perdaient toutes notions des réalités ils redevenaient deux enfants admirant ce que la nature avait de plus beau à leur offrir cette terre d'asile où tout était possible où le reste du monde n'avait pas sa place, ici c'était à eux ils pouvaient rester des heures à observer et à analyser le comportement des divers animaux et insectes qui peuplaient ce lieu. S'allongeaient pour regarder le ciel, cette vaste étendue bleue où leurs regards aimaient se perdre suspendus à l'immensité. Ils fermaient les yeux et se sentaient ivres de liberté, tout cela les submergait c'était un plaisir si proche de l'extase qu'ils l'auraient voulu éternel. Ils contemplaient la nature maîtresse de cet endroit où ils avaient trouvé refuge durant leurs moments libres. Ils étaient transportés hors de la ville et du monde ils étaient enfin en paix. Elsa savait très bien qu'elle lui devait la vérité sur qui elle était, sur ce qu'elle avait fait pour en arriver là, à cette extrémité qui l'avait rendu si fragile, elle ne voulait pas lui faire de mal lui qui avait tant donné pour elle, lui qui l'avait fait revivre, elle aimait tant sa présence, cette complicité qui était née entre eux était si forte comment aurait-elle pu le blesser, elle se devait d'être honnête « mais comment lui dire ? ». Lui qui lui avait apporté tant de choses elle ne voulait pas le perdre lui aussi. « Claude… » Elle qui voyait tant d'amour et de respect dans ses yeux pouvait-elle lui dire, lui dire tout, qu'elle n'était qu'une petite arriviste, matérialiste qui avait tout fait pour arriver à ses fins, qui aurait écrasé chaque personne qui l'aurait gêné sur son passage qu'elle avait été trop prétentieuse pour demander de l'aide à qui que ce soit. Qu'elle avait fait tout cela car un jour elle avait eu le rêve de devenir une artiste. « Je sais. » Et lui dit de se taire. Il savait depuis le premier jour où il l'avait vu devant la porte d'entrée de l'immeuble quand il avait croisé son regard et qu'il avait lu en elle comme dans un livre ouvert. « Tu es née pour moi le jour où je t'ai recueilli dans la rue. » Ce furent ces premiers et derniers mots à ce sujet.

Elle lui sourit, ils savaient très bien l'un comme l'autre que personne n'est parfait que la personne que l'on a été n'est pas forcément celle que l'on est aujourd'hui et qu'avec le temps on évolue. Mais elle savait très bien qu'elle ne pouvait pas se reposer sur Claude, c'était fini, elle ne serait plus cette femme-là. Comment allait-elle faire maintenant qu'allait elle devenir ? Elle invita Claude à visiter son atelier, elle n'avait jamais invité personne à pénétrer dans son univers. Elle voulait partager cela avec lui, lui montrer ce qu'elle était vraiment ce qui nourrissait son âme, ce qui l'aidait à survivre qui avait été pendant un temps son unique but et moteur dans la vie avant qu'elle ne se laisse envahir par le monde et sa cupidité, elle lui montra ses peintures, sa passion qu'elle partagea avec lui comme lui avait partagé la sienne pour la cuisine. Deux âmes, deux êtres portés par leurs rêves leurs désirs, qui étaient si proches et si différents à la fois, la chose commune c'était la passion, ce total don de soi, cette aversion pour le compromis ils étaient entiers ils aimaient ou détestaient mais ils n'avaient pas de demi mesure, le risque de juger si durement les choses est que l'on vous juge avec la même dureté en retour. Chacun avait voulu réussir mais de façon totalement différente. Ils s'étaient bien évidemment confrontés tous deux, à cause de leurs différences et de leurs style de vie, aux critiques acerbes ainsi qu'au jugement des autres mais ils en étaient toujours ressortis grandis, la tête haute, peut être à cause de leur passé difficile mais cela ne leur causait aucune peine, ils savaient que le monde était cruel, ils l'avait accepté et pensaient désormais à leur bonheur. C'était également lui qui la poussa à se prendre en mains, à croire de nouveau en son rêve, à s'investir, à exploiter son talent car oui, elle avait du talent, de l'esprit, une grâce qui émanait de sa personne que peu de gens avaient et qui la rendait si forte et fragile à la fois. C'est grâce aux économies de sa vie passée qu'elle put se permettre de se consacrer corps et âme à ce qui la rendait vivante par dessus tout qui la faisait respirer, aimer, pleurer, son art, sa peinture. Enfin, après des années passées dans l'ombre des autres, à ne vivre que pour l'argent et la reconnaissance, elle allait pouvoir s'exprimer, donner son avis, faire partager ses émotions, ses expériences, sa vision du monde et de la vie, gràce ce qu'il y avait aujourd'hui de plus cher à ses yeux, sa liberté de peindre. Elle réapprit à travailler la matière à retrouver des sensations qu'elle pensait perdues et qui lui revenait comme si elle n'avait jamais cesser de peindre, cet amour de l'art inaltérable, elle avait l'impression qu'on lui avait rendu la vue et qu'elle pouvait enfin observer les choses telles qu'elles étaient. Elle se rendit compte qu'il y avait certaines choses qui ne s'oubliaient jamais, que le souvenir avait trop longtemps été associé au malheur dans sa vie, alors qu'il pouvait être quelque chose de merveilleux, elle le découvrit aujourd'hui. Elle commencait à nouveau à se réapproprier l'espace de la toile, à transcender ses émotions par la couleur, se servant de ses mains comme unique outil de travail, elle pleurait souvent en peignant, comme si ses mains racontaient ce qu'elle ne pouvait dire. C'était une explosion, un raz de marée qui la submergait et qui glissait entre ses doigts. Sa rage comme seul moteur. Cette renaissance par la peinture, l'émotion comme seule philosophie de vie. Elle se sentait de nouveau pleine de vie prête à donner ce qu'il y avait de meilleur en elle. Elle se prit de nouveau de passion pour l'Histoire de l'art, qu'elle avait longtemps associé à ces années de torture scolaire, aujourd'hui il était enfin temps d'en faire quelque chose de constructif. Elle découvrit le plaisir de visiter les musées, d'aller dans des librairies, d'assister à des lectures où elle avait eu le plaisir de rencontrer des auteurs formidables comme A. Nothomb, N. Rheims… se prenant ainsi de passion pour leurs ouvrages et leurs univers qui étaient si proches du sien, ces mots qui la boulversaient ces mêmes émotions qu'elle arrivait à retranscrire par la peinture, elle se sentait proche de ces personnes qu'elle ne connaissait pas comme si, le malheur, l'amour, et le fait d'en faire quelque chose de créatif était quelque chose d'universel. Tout cela la comblait, comme elle ne l'avait jamais été jusqu'à présent. Elle était sereine, avait enfin compris ce que l'art et les autres lui apportaient, elle s'était rendu compte qu'elle n'était pas obligée de subir ses relations avec autrui mais qu'elle avait aussi le droit de choisir les personnes avec qui elle avait envie de partager sa vie et ses émotions. Que l'autre était nécessaire mais que sa place se limitait à l'espace qu'on avait envie de lui donner, que ce regard étranger n'était pas forcément ce regard qu'elle pensait inquisiteur mais tout simplement le renvoi de ce qu'elle était et de ce qu'elle avait envie de donner à ce moment là, et qu'il n'avait finalement pas autant d'importance que cela, le plus important était qu'elle s'approuve. La peinture était son exutoire qui lui permettait de se libérer de toutes ses angoisses, c'était une thérapie si douce. Elle avait été blessée, on l'avait meurtrie, on avait souillé son âme. Aujourd'hui elle était devenue une autre femme, avec un regard neuf sur le monde.

Expose

Aprés plusieurs mois de travail intense, et après de nombreuses réflexions sur tout ce qu'elle avait pu faire. Elle décida qu'il était temps de partager et de soumettre son travail à la critique des autres. Elle qui n'avait jamais accepté les critiques de personnes sur quoique ce soit qui la concernait, livrait aujourd'hui ce qu'il y avait de plus personnel et de plus précieux, son âme au travers de ses peintures. Elle avait décidé de taper haut, de taper fort, à défaut de pouvoir effacer son passé, elle l'utilisa, pris contact avec de vieilles connaissances qui à l'époque étaient ravies de profiter d'elle. Aujourd'hui c'était à elle de profiter d'eux et de leur reseau d'amis, de leurs connaissances. Elle sortit son carnet d'adresse, elle avait de quoi faire chanter la moitié de Paris, mais ce n'était pas son but elle voulait un endroit pour qu'on l'expose. Après seulement quelques coups de téléphone elle avait rendez-vous cet après-midi dans une galerie pour présenter son travail. Elle se présenta habillée d'une petite jupe noir très classique, d'un chemisier blanc, avec de petites chaussures vernies noir et une petite pochette en guise de sac à main. Elle qui avait l'habitude d'être si exubérante dans sa façon de s'habiller venait de prendre un virage à 180 degrès, ce qui correspondait totalement à son état d'esprit. Elle n'était pas là pour se vendre, mais pour partager, elle ne voulait pas qu'on la voit elle mais ses tableaux. Elle savait qu'elle n'avait pas le droit à l'erreur. Elle n'était personne dans le milieu de la peinture, elle avait eu ce rendez-vous grâce à ses relations, personne n'allait lui faire de cadeau bien au contraire. C'était l'une des plus grandes galeries de Paris, en tout cas l'une des plus réputées et c'était celle là qu'elle voulait. « se confronter aux regards des autres, peut-être, mais pas de n'importe qui ! » Elle s'était présentée à la réception, la secrétaire la regarda d'un oeil interrogatif, se leva et lui dit : « Monsieur Duclaire va vous recevoir Mademoiselle. » « Non, Madame ! » Elle n'était pas mariée et cette idée ne lui avait même jamais traversée l'esprit d'ailleurs. Mais elle trouvait celà tout simplement plus sérieux. Elle suivit la secrétaire qui la conduit jusqu'à la porte d'un bureau à laquelle elle frappa et attendit l'ordre de bien vouloir y pénétrer. Elle entra dans un bureau immense qui était sans doute au moins deux fois plus grands que son appartement. Le sol était couvert de marbre, au mur des tableaux de maîtres sortant tout droit de leur collection privée, de grandes tentures rouges étaient placées à chaques angle de la pièce, c'était un décor théatral digne d'une pièce de William Shakespeare. Devant elle trônait un homme d'un autre temps, il paraissait sans âge, sorti tout droit d'un livre d'histoire. Elle l'observa, lui trouvant un air austère, le genre de personne qui n'aime rien ni personne avec trop de certitude et un égo surdimensionné, toutes ses peintures lui étaient montées à la tête oubliant qu'il faisait également partie du commun des mortels. Mais elle ne voulait pas s'arrêter à un jugement sur lequel rien ne reposait, uniquement une vague inpression après tout elle aussi on l'avait jugé et elle savait bien qu'il ne fallait pas s'arrêter à la première impression. Elle ne s'était jamais arrêtée au physique des personnes ni même à ce qu'elles pouvaient dégager. C'était lui qu'elle devait convaincre par son talent et rien d'autre. Elle se présenta, attendit qu'il l'invite à prendre un siège, elle lui tendit son book de peintures que lui avait réalisé un grand photographe qu'elle avait rencontré lors de l'un de ces vernissages qu'il avait organisé et où elle était invitée. elle avait apporté avec elle quelques-unes de ses pièces maîtresses. Peu de mots, juste quelques regards,

Elle avait l'impression d'être nue devant lui de livrer son âme au diable, elle ne savait pas comment prendre ses regards, ses raclements de gorge, cet air étrange qu'il prenait en regardant les photos comme si il découvrait une bête curieuse. Il posa les photos, la fixa comme si il voulait prouver une certaine forme de supériorité, elle n'était pas prête à baisser les yeux, oh non Monsieur pensait-elle aujourd'hui elle avait le droit de garder la tête haute elle s'était battue pour cela. Il pris un cigarette dans une boite en ivoire l'alluma, souffla un grand nuage de fumée se leva, fit quelques pas dans la pièce et se tourna vers elle. « Fabuleux » C'était la conclusion de leur court entretien. Il avait trouvé cela « fabuleux », d'une rare authenticité, sans superflu ni fioriture. De l'art brut, pur chef d'oeuvre. Son travail l'avait convaincu. Il lui dit de prendre un nouveau rendez-vous avec sa secrétaire, pour finaliser avec lui une une future exposition, de lui présenter plus de pièces, et qu'ils se verraient sans doute très bientôt. Elle sortit de son bureau, prit rendez-vous puis partit. Elle était sur un nuage, c'était la première fois de sa vie qu'elle se sentait importante. Elle avait réussi, elle était en train de gagner son pari, celui d'être comprise. On avait aimé son travail, on avait apprécié sa vision du monde, cela voulait sans doute dire qu'elle en faisait partie, on lui avait accordé de l'importance, elle devenait enfin quelqu'un et on voulait l'exposer « Elle ». Elle était si heureuse d'avoir trouvé sa voie elle qui pensait n'être bonne à rien, qui se sentait parfois si seule et tellement incomprise. C'était sans doute cette différence qui lui avait donné cette sensibilité exacerbée ainsi que cette vision torturée du monde. de se repli sur elle-même, elle venait aujourd'hui d'en faire sa force, son moteur. Elle savait ce pourquoi elle se sentait vivante, enfin. Sur son chemin elle s'arrêta dans une épicerie pour acheter une bouteille de champagne, elle qui s'était pourtant jurée de ne plus boire une goutte d'alcool, c'était pour une bonne raison, des évènements comme celui là, ça n’arrivait pas tous les jours. Et la seule personne avec qui elle voulait partager ce succès, c’était celui qui l’avait pousser à reprendre confiance en elle, en son talent, celui qui l’avait fait renaître. « Claude. »

Non, Madame

Après plusieurs semaines de travail acharné en collaboration avec Monsieur Duclaire, l'ébauche de son exposition commencait à se mettre en place, elle se sentait utile, s'impliquant dans le moindre détail, de la disposition de ses toiles à la conception des textes les accompagnant, en passant par la plaquette de présentation de ses oeuvres ainsi que la future publicité autour de cet évènement. Elle était dans son élément se donnant sans compter passant des journées entières dans la galerie à tout superviser. Elle avait les félicitations de Monsieur Duclaire avec qui elle passait la majorité de ses après-midi, elle partageait avec lui son temps, ses repas, écoutant d'une oreille attentive le moindre de ses conseils. Elle ne le voyait plus du tout de la même façon, de ce vieillard acariatre il était devenu un père protecteur et bienveilant. Cette image lui plaisait, elle avait si rarement eu la chance de ressentir cela durant son enfance. Elle qui s'était élevée toute seule qui avait dû apprendre jusqu'où elle avait le droit d'aller, se faisant ainsi sa propre éducation, elle avait grandi auprès d'un homme qu'elle ne connaissait pas, qui ne lui avait jamais porté la moindre attention ni le moindre geste de tendresse ou d'affection, son père lui renvoyait l'image d'un étranger. Aujourd'hui grâce à Monsieur Duclaire, elle ressentait enfin la chaleur d'un père qui lui avait tant manqué, elle se sentait protégée et entourée. Le jour J approchait à grand pas, la tension montait, Elsa commencait à s'angoisser, à se poser des questions. « Que va t'on dire ? cela va-t-il plaire ? » Elle savait quelle n'avait pas le droit de décevoir, elle ne le voulait pas pour Claude, pour Monsieur

Duclaire, pour elle-même, elle avait tant donné de sa personne et pour elle un échec était inenvisagable, elle ne le supporterait pas. Les gens du métier allaient être informés, il y aurait sans doute des personnes importantes pour sa future carrière, Elle serait annoncée comme : « la nouvelle artiste majeure de son époque » La veille de l'installation de son exposition qui aurait lieu dans une semaine et pour lui permettre de se reposer et de se détendre un peu, Monsieur Duclaire décida de l'inviter à diner pour la rassurer, il savait qu'elle avait besoin de sa présence et qu'il était devenu quelqu'un d'important dans sa vie, il voulait qu'elle ne soit pas trop anxieuse. « Ma chère Elsa, ne vous inquiétez donc pas tant, vous êtes une artiste excepionnelle, je ne me fais aucun souci pour vous. » Ces mots la touchaient, après tout c'était lui qui prenait un risque en l'exposant, c'était lui qui avait tout pris en charge, c'était lui qui allait contacter les médias, elle essayait de se rassurer comme elle le pouvait. Elle se voyait à l'aube d'une grande carrière de peintre, son rêve devenait enfin réalité, elle serait enfin aimée et admirée pour son travail pour ce qu'elle était vraiment. Et cela il en avait bien consience, il avait fait naître en elle des espoirs fous. Sous ses airs de père protecteur, il savait lui aussi très bien ce qu'il voulait. Et ce qu'il voulait c'était elle. « Vous aimez ce restaurant ma petite Elsa ? » Bien sur, comment ne pas aimer, cet endroit, elle le trouvait extraordinaire, comme son hôte, il était d'un autre temps. Etait-ce ce lieu ou les circonstances pour lesquels ils s'y trouvaient, mais il y avait quelque chose d'étrange dans l'air, elle ne savait pas bien comment l'interpréter cela était sans doute dû à sa nervosité à cause de l'exposition, en tout cas elle trouvait cet endroit charmant, chic et sophistiqué, tout droit sorti d'un vieux film, tout était à sa place, les serveurs étaient aux aguets et anticipaient ses moindres désirs, elle avait passé une soirée charmante. Elle avait été servie comme une reine dans un décor magique au côté d'un homme charmant. « Bien maintenant il faut régler l'addition celle du repas je m'en charge, vous vous occupez du reste ma petite. » Elle avait peur de trop bien comprendre. Elle s'était faite piégée, elle était assise en face de son nouveau bourreau, elle qui avait tant d'espoir se trouvait de nouveau au pied du mur. Et cela elle ne l'accepterait pas, elle n'était plus cette femme là elle refusait de se sacrifier une fois de plus, elle l'avait déjà fait, pour ce que cela lui avait apporté, souffrance et perdition. Elle avait changé, évolué. Elle n'avait pas fait tout ce chemin et ce travail sur elle même pour revenir en arrière elle s'était rendu compte que l'estime que l'on se portait était la chose la plus importante, si elle avait pu s'exprimer à travers ses toiles comme elle l'avait fait c'était parce qu'elle se sentait en paix. Elle avait enfin retrouvée un équilibre, elle était une femme heureuse. Ce sacrifice qu'on lui suggèrait était tout simplement le renoncement à sa sensibilité et à sa création qu'elle avait mis tant de temps et d'énergie à retrouver. Alors elle prit pour la première fois ses sentiments en compte et se laissa porter par eux. Se lèva telle la grande dame qu'elle était à présent devenue, prit son sac à mains se retourna lui jettant un regard glacial, lui souria et lui dit : « Non, merci. » Et partit, elle savait très bien ce qu'elle venait de faire à ce moment précis, sa prise de position venait de condamner son exposition. Mais elle était enfin fière d'elle, elle était devenue une lady, avec des règles et des principes auxquels elle se tenait, et c'était cela sa plus grande victoire. Elle marcha la tête haute sortit du restaurant prit un taxi, rentra dans son appartement sans regret en se disant qu'elle venait de faire le bon choix. Durant la nuit, elle s'interroga sur ce qui s'était passé pendant cette soirée, elle n'arrivait pas à trouver le sommeil faisant redéfiler à l'infini ce qui s'était passé au restaurant, elle n'arrivait toujours pas à croire qu'elle s'était faite piégée de cette façon, elle qui avait pourtant vu et entendu toutes sortes de choses et qui pensait qu'on ne pouvait plus la surprendre, venait de se rendre compte que cet homme au regard tendre qu'elle pensait bienveillant n'était en fait qu'un horrible personnage qui pensait lui aussi à profiter d'elle, avec comme tenue de camouflage la peau d'un agneau qu'il venait sans doute de tuer lui même montrant sa patte blanche espérant entrer dans la bergerie. Il s'était trompé. Elle pensait avoir trouvé un père mais c'était une erreur. Cette expérience aussi décevante soit-elle, lui avait au moins permis d'ouvrir les yeux sur un sujet auquel elle ne pensait que d'une manière secondaire. Elle prit consience que la seule chose qui importait était de partager. Partager son travail avec ceux qui voudrait bien y prêter attention. Que le contexte avait finalement peu d'importance, qu'elle avait un message, une expérience à transmettre. Que le lieu, ou le type de personnes qui viendrait la voir n'était pas le plus important, elle était de nouveau prète à affronter le monde. Cette expérience l'avait rendu plus forte et plus déterminée que jamais, elle continuerait à se battre. Ce qui lui importait le plus était d'être fière d'elle. C'était ce qu'elle commencait à ressentir.

Dans mon café

Claude lui avait proposé de passer l'après-midi ensemble, elle avait refusée préfèrant être seul pour flaner dans les rues de Paris et faire ce que toute femme n'ayant pas le moral se devait de faire « les magasins », et dépenser sans compter. Elle passa également dans son quartier préférée, celui de Montmartre, elle regardait tout ces peintres installés près du Sacré Coeur. Elle ne savait plus très bien quoi faire, elle avait toujours envie de partager ses toiles, mais comment ? Elle avait tellement peur de se tromper encore une fois. Elle continua sa promenade passant par Notre Dame, elle s'arrêta devant la cathédrale, entra et s'assit pour regarder les gens prier. Elle n'était pas croyante mais trouvait rassurant qu'un être, une aura, veille sur elle. Elle était fascinée par ce côté mystique, par l'atmosphère se dégageant de ce lieu de culte où tout n'était qu'amour et compassion. Ces vitraux qui laissaient entrer une lumière irréelle, tous ces anges qui semblaient prêter l'oreille à nos souhaits et ces centaines de cierges qui représentaient toutes ces âmes venues demander grâce, elle contemplait ce spectacle remplie d'humanité et d'espoir, ici tout semblait possible. Elle resta assise quelques longues minutes puis reprit son chemin, elle se sentait reposée et légère, ce moment passé ici l'avait rendue sereine. Elle avancait en direction de la place de la Bastille passant près du quartier de Saint-Paul elle découvrit un endroit tout à fait atypique. Une affiche attira son attention. « Exposition de peintures et sculptures. Entrée libre. » C'était un endroit étrange, elle regarda à travers la vitrine de la boutique. C'était en réalité un salon de thé très moderne où étaient exposées différentes oeuvres. Dans un décor blanc, épuré, lumineux. Elle entra pour se faire une idée, elle se trouvait au milieu d'une pièce où se mélangeait dans une osmose parfaite un espace café – exposition. Elle resta là debout à admirer ce décor digne des plus grands magazines de design tout était d'un blanc immaculé, du comptoir, aux tables en passant par les chaises crées par Starck, les seules touches de couleur provenaient des tableaux accrochés aux murs blancs bien sur. Elle prit un siège et commanda un café. Elle était redevenue une enfant émerveillée par cet endroit où se mélaient peintures, sculptures, odeurs de gâteau au chocolat sur un fond de musique lounge, tout était si merveilleusement en harmonie. Les personnes qui se trouvaient ici étaient toutes si différentes, de la mère de famille venant prendre le goûter avec ses enfants, aux touristes toujours avides de nouveauté et d'endroit atypique, en passant par l'homme d'affaires venant se détendre après une journée de travail. Tout était fait pour attirer le plus de monde possible c'était un melting pot de langues de couleurs et de styles, c'était incroyable qu'un endroit arrive à rassembler tant de personnes si différentes, elle se rendait compte que l'art était un élément vraiment fédérateur, que l'on apprécie ou pas mais autour duquel on se réunit. « Vous désirez autre chose Madame ? » « Mademoiselle, oui un autre café, merci. » Elle resta assise des heures à observer le jeune garçon qui s'occupait de l'établisement elle le trouvait touchant pas sa maladresse et son côté un peut rêveur, il était attachant avec ses yeux de petit garçon qui venait de faire un bêtise. Elle se sentait bien ici. « Là ! » c'était ici même, elle avait trouvé un lieu qui la touchait, ce mélange de vie, d'art de cuisine… tout était là. La simplicité du lieu, des gens, c'était cela qu'elle recherchait un endroit ouvert à tous où chacun pouvait se sentir libre de s'exprimer un lieu d'échange, de partage. Elle prit le culot de demander au jeune homme quelles étaient les démarches à suivre pour exposer dans cet établissement. Qu'elle était peintre et qu'elle aimerait beaucoup exposer ici. Il la regarda avec un sourire amusé comme si elle n'était pas capable de faire quoi que ce soit d'artistique à l'exception de son brushing, après un instant d'hésitation il lui proposa de repasser dans la semaine pour lui présenter ses peintures, afin de voir si cela convenait à l'esprit du lieu. Il m'était en place chaque mois une nouvelle exposition, fonctionnant au coup de coeur, il se laissait guider par son instinct et ses émotions pour choisir les artistes à qui il confiait sa galerie. Le lendemain matin, elle était devant la grille du café encore fermée elle était déterminée, elle avait apporté son book qu'elle serrait tout contre elle comme une armure. « Vous êtes bien matinale mademoiselle ! » Il la fit entrer, lui servit un café, elle lui tendit son book de peintures tout en se présentant, ce que lui aussi fit en retour. « Jean-Claude Dalière » Elle le trouvait très différent des hommes qu'elle avait pu rencontrer, il paressait doux, sensible, elle percevait en lui une certaine fragilité propre aux artistes, ce côté sombre. Il était grand très fin et élancé il avait les cheveux bruns, ce n'était pas du tout son genre d'homme mais il y avait autre chose de plus profond qui l'attirait chez lui. Elle essayait de lire sur son visage ce qu'il pouvait bien ressentir en regardant ses peintures, elle n'arrivait pas à décrypter ses expressions, il aimait ? il détestait ? elle n'en savait rien. Il la regarda, lui sourit et lui dit : « Je m'étais trompé, vous avez beaucoup de talent, vous avez l'air d'une jeune femme très sensible et inspirée. » Elle prit ce compliment avec détachement et une grande froideur, même si cela lui faisait plaisir, dans le fond, c'est ce qu'elle espérait entendre, mais cela lui rappelait de mauvais souvenirs pas si anciens que ça dont elle n'arrivait encore pas à se détacher. Elle savait la stupidité et l'hypocrisie des hommes, elle en avait déjà trop fait les frais et ne voulait pas retomber dans le piège. « Vous savez je n'ai qu'une modeste galerie. » C'était tout ce qu'elle désirait, de la simplicité un lieu où elle se sentirait bien où l'art était présentée comme quelque chose d'humain fait par des humains pour des humains, et ne pas rendre cela trop élitiste comme elle l'avait malheureusement trop souvent vu. Elle voulait que chacun puisse se faire sa propre opinion sur sa peinture, être présente, pouvoir dialoguer avec les visiteurs pour partager sa vision de la peinture. « Etes vous libre pour installer vos toiles pour la prochaine exposition qui se déroulera le mois prochain ? » Elle accepta sa proposition en se disant qu'une mauvaise expérience ne devait pas la freiner dans son désir de partage, elle décida donc de lui accorder sa confiance. Elle avait comme nouveau rituel de venir prendre son café et de venir fumer sa cigarette chaque matin au « Comptoir des Arts » Admirant les nouvelles toiles, sculptures, meubles exposés, observant Jean-Claude évoluer dans son univers, c'était son plaisir, observer, écouter les gens, leurs commentaires sur les expositions en cours, elle se délectait de ces moments qu'elle passait ici juste avant de retourner à son atelier. Cela lui donnait de la force, de l'imagination, elle avait aussi envie d'inspirer des réflexions, des échanges à ceux qui viendraient voir ses toiles.

J.C

Elle aimait ces moments passés près de Jean-Claude. Il lui avait fait découvrir des tas d'artistes méconnus avec des conceptions de l'art très différentes, des points de vue sur la société et le monde totalement opposés aux siennes, mais elle aimait cela, ça la faisait réflechir, se remettre en question, mettre en parallèle sa vision des choses avec d'autres personnes. Elle se sentait réellement enrichie, elle adorait ces discussions, ces débats avec Jean-Claude sur des sujets aussi variés qu'absurdes. Ils partagaient une réelle complicité, une passion ainsi qu'un amour des belles choses, de la création, sans juger mais en essayant de comprendre le point de vue de chacun. Elle préparait son exposition choisissant avec lui, les toiles qu'ils aimaient, s'occupait de créer une affiche pour le grand jour. Echangant des rires, des histoires sur leur vie, leurs expériences, partageant des moments tendres de complicité. Elle savait qu'elle avait fait le bon choix, son expèrience passée laissait place à quelque chose de neuf, elle ne voyait plus ce passage de sa vie comme une défaite mais comme un cheminement vers la compréhension de ce qui avait vraiment de l'importance. « Elsa tu es une femme époustouflante, tu es si jeune et pourtant si curieuse du monde, cherchant à apprendre de chacun. » Elle s'attachait à lui car il ne lui demandait rien. C'était un sentiment nouveau qui l'envahissait dès qu'elle se trouvait à ses côtés, elle n'avait jamais ressenti cela, tout se passait si vite, pouvait-elle tomber amoureuse ? Seulement, avait-elle le droit d'aimer ? elle qui haïssait ceux qui s'aimaient, qui haïssait leurs faiblesses. L'amour ne se contrôle pas et c'est justement cette idée qui lui faisait peur. Elle qui avait une image si négative de ce que pouvait représenter l'amour était-elle prête à y succomber, elle qui avait rencontrer tellement d'hommes infidèles et menteurs, ils avaient détruit l'image du couple, ayant comme seul but leur plaisir écartant les sentiments d'un revers de main, banalisant l'adultère, sa vie lui avait laisser une image très violente et sulfureuse de ce que pouvait être l'amour. « Le bonheur est la seule chose qui me fait peur, c'est ce qui rend fragile et vulnérable » « Je ne pensais pas le rencontrer » Elle était déjà tant tombée, c'était toujours relevée en pensant que tout servait de leçons et que chaque chose avait une raison d'être. Avait-on le droit de l'aimer « elle » elle qui ne se trouvait pas « aimable ». Elle ne voulait pas se poser cette question. Elle profitait simplement de ces moments de vie si plaisants. Elle s'était mise à écrire trouvant cette activité complémentaire à son désir de cultiver ses émotions et elle y trouvait quelque chose que la peinture lui avait également apporter « l'expression des sentiments » mais ici elle arrivait enfin à les mettre en mots se qui étaient impossible auparavant, la peinture avait éte durant des années son seul moyen d'évacuer ce qu'elle pouvait ressentir, aujourd'hui elle avait trouvée un complément à cela, l'écriture. Elle écrivait dans le café sur un petit carnet, ce qui lui passait par la tête, ses impressions, ces expériences, ses envies. Lui était là, l'observait avec tendresse, elle était concentrée sur sa page, son stylo à la main. Il aimait sa présence, et elle se sentait enfin à sa place.

Moi

Elle terminait ses derniers tableaux. Pour peindre elle s'installait dans son atelier, mettait dans sa chaine hifi un disque de Rachmaninov, elle se laissait porter par la beauté de la musique laissant ses émotions la submerger pour se répendre sur sa toile, comme les doigts du pianiste se laissant glisser sur le clavier, elle composait sa symphonie avec des couleurs, elle était le chef d'orchestre qui dirigeait chaque instument pour les sublimer et en tirer le meilleur, le rouge, le bleu, le jaune, s'entremèlaient comme le piano au violon et à la contrebasse. C'était pour elle des moments très intenses toutes ces émotions au fil de la musique venaient de prendre forme sous ces yeux transcandées par la beauté de l'oeuvre qu'elle écoutait, c'était pour elle des moments rares et précieux. Elle aimait penser que chacun pouvait y voir ce qu'il voulait. C'est pour celà qu'elle donnait un titre à ses tableaux mais ne disait jamais ce qu'elle avait voulu représenter elle voulait laisser libre l'interprétation de chacun pour que chaque personne puisse se l'approprier. « Bonsoir, bienvenue » Le grand jour était enfin arrivé, elle allait pouvoir partager son oeuvre, elle repensait à toutes ces heures, tous ces jours, ces semaines qu'elle avait passé à préparer cet évènement elle était heureuse, elle était allée au bout de ses envies, elle s'exprimait enfin. Elle avait pris soin d'envoyer des invitations aux personnes auxquelles elle tenait, qui avaient suivi son parcours et son évolution. Claude était là. « Je suis fièr de toi, mon ange. » Nathalie aussi était venue. Ses deux seuls véritables amis, qui l'avaient toujours soutenue, qui avaient cru en elle et qui ne l'avaient jamais jugée, ils savaient tout deux ce que cela pouvait représenter pour elle, toutes les épreuves qu'elle avait pu traverser pour en arriver là. Elle était heureuse de les trouver auprès d'elle pour partager ce moment qui lui tenait tellement à coeur. Elle avait organisé un vernissage très simple. En souvenir du passé, il n'y avait aucun petit four à manger ni une goutte d'alcool. Elle regardait son travail, elle avait réussi, elle était là avec les personnes qu'elle aimait, leur dévoilant son âme sur le mur. Monsieur Duclaire avait eu l'extrême générosité de se déplacer, elle lui avait envoyé une invitation, ce n'était pas une revanche, elle voulait juste lui montrer que quoiqu'il arrive le talent porte, qu'elle avait cru en elle qu'elle avait réussi à faire ce qu'elle aimait sans vendre son âme au premier diable venu, qu'avec de la volonté et du courage, elle avait réalisé son rêve de petite fille sans se compromettre, aujourd'hui elle pouvait le regarder en face et lui dire : « Entrez, j'espère que l'exposition va vous plaire. » Après quelques minutes il s'approcha d'elle et lui dit à l'oreille : « Bravo, c'est moi qui me suis trompé, vous êtes une véritable artiste. » Puis il ressortit. C'était un véritable succès, elle assistait à son sacre comme une spectatrice, elle n'avait pas l'habitude d'être approuvée, elle savourait ce moment avec une grande humilité, sa souffrance avait produit quelque chose de constructif dont elle pouvait être fière. Jean-Claude avait fait venir des journalistes il savait très bien que c'était quelque chose qui lui faisait peur, mais il était persuadé qu'elle ne devait pas gâcher son talent, et le faire partager au plus de monde possible. Eux aussi avaient été conquis. C'était cette fragilité qui avait construit son talent. Jean-Claude voulait l'aider, la porter, lui donner sa force, il s'approcha d'elle, lui prit la main regardant la toile qui se trouvait devant elle. C'était la première fois qu'elle regardait dans la même direction qu'un homme. Alors elle lui serra la main plus fort comme pour fixer ce moment à jamais dans son esprit.

Mon carnet

Elle se rendit compte qu'après tout elle n'était pas devenue autre chose que cette petite fille pleine de rêves qu'elle avait été autrefois. Sauf que si « Maintenant je sais, je sais qui je suis. Et je n'oublirai jamais d'où je viens. » Sa quête d'éternité, son droit à être et à devenir, sa vie. Elle la commence ici en écrivant ces lignes, sur son petit carnet dans son café…

« C'est ma vie ma plus belle oeuvre d'art. »

La morale de cela ?…
C'est qu'il n'y en a pas.

FIN.

Achevé d'imprimer en France
Protection IDDN